朝、空が見えます

東直子

1月

おはようございます。
あけましておめでとうございます。
雲ひとつない、澄んだ青空です。今年もどうぞよろしくお願いいたします。

中で誰かが遊んでいるような雲が浮かんでいます。

晴れています。それ以外の言葉はないほどに。

空はくっきりと明るいです。

きりっと晴れています。
ほんのり青い、青空です。
きちんとつめたい、明るい空です。

空が、夢の中のように白いです。

泣きやんだ直後のような空です。

どんなに遠くまでいけるのかわからなくなるような、晴れです。

夜が明けようとしています。晴れた空に、避雷針が尖っています。

果たせなかった夢のように、ほの明るい空です。

ひんやりと青白い、あかるい空です。

なにかが始まりそうな、冬空です。

思いの外まぶしいです。

いたしかたなく晴れています。

東京の冬は晴れた日が多いんだな、と、東京に来たばかりのころ思って、それは何度も思って、そして今日も思いました。晴れています。

きいんと白い寒天です。

積雪したように空が白いです。

すきまなく曇っています。

空が、すばらしい輝きにみちています。

朝焼けが冬木に透けています。よく晴れています。

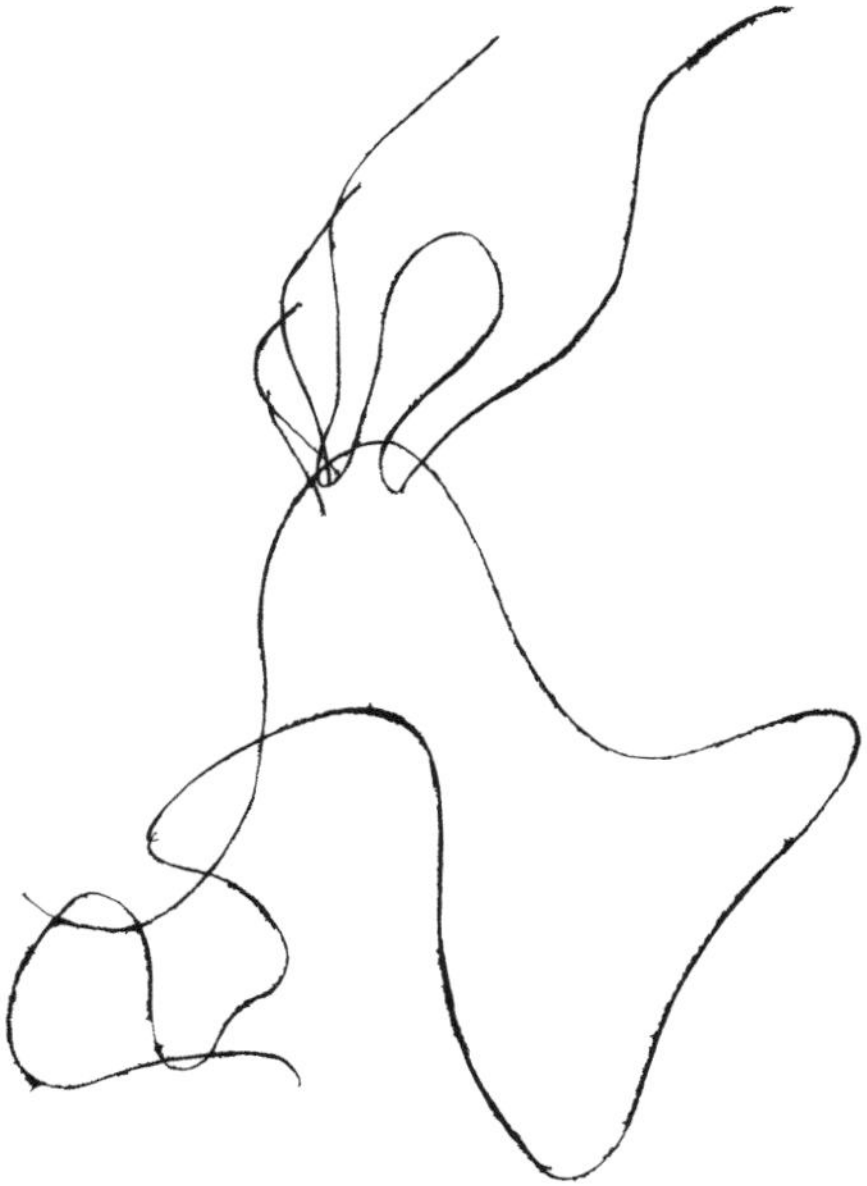

ほのぼのと明るい青空に、吐息のような雲が浮かんでいます。

すいこまれそうな青空です。

いつもと同じように晴れていて、しかし今日だけの空なのだと思います。

口笛が遠くまでひびきそうな晴天です。

なにかがこぼれおちそうな、曇りです。

ふわりと晴れています。

うすい雲がかかっています。

にじむ雲を空が運んでいます。

野外劇場をすっかり撤去した後にふさわしい青空です。

2月

海の底の砂のような空です。

貴重面で繊細な、長子のような青空です。

今日もさっぱり晴れています。午前7時、明るいです。

なにごともなかったようによく晴れています。

水の中からながめたような、淡い青空です。

すみずみまで透き通る青空です。

「きれいに忘れる」のきれいの使い方っていいかも、と思えるきれいな空です。

ほの白くてなつかしい空です。

空も空気もしっとりしています。

白い布団のような雲です。

縫い目のない青空です。

どこまでも清らかな青空です。
夜明け前の月がきれいです。
どこまでも晴れわたっています。

忘れているわけではないよ、と言いたそうな青空です。

空が空だとおぼえたときの空はこんなふうだった気がします。晴れています。

鳩を放ちたい、淡い青空です。

半分の朧月、ちぎれたあわい雲、空も春っぽくなってきました。寒いけど。

すみずみまで明るい空色です。

雲をとかしながら空が明るくなってきました。

龍の子のような雲が浮かんでいます。

ひらたい、やさしい、明るい青空です。

一面の雪野原、のように曇っています。

もやっと雲がありますが、明るいです。
きらりと晴れています。
やさしい色の空がどこまでも明るいです。

棚引く雲が、ほんのり朝焼けしています。
やわらかいヨーグルトのような白い空です。

3月

3月朔日午前6時すぎ。もうしらじらと空が明るくなりました。
ジェッソで塗り込んだように白い空です。
やわらかく晴れています。

ほんのり白濁した空が、いい感じの温泉みたいです。

生まれたての太陽がまぶしいです。

和紙をいちまい貼ったようにやわらかく霞んでいます。

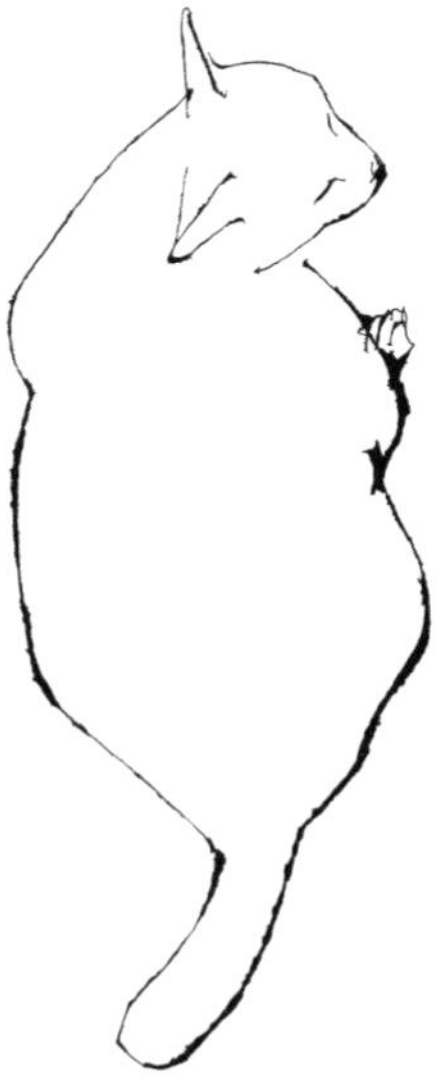

みっしりと雲のつまった春の空です。

晴れているといえば晴れているし、曇っているといえば曇っている、ようです。

ほどよい水色の空です。

１０００年前の晴れの日と同じようによく晴れています。

もっちりと雲があります。

まろやかな曇天です。

すみずみまでしっかり曇っています。
粉のような雨が降っています。
たましいが融合している白い空です。

ほんのり甘く晴れわたっています。
ほんとうによく晴れています。
ミルクと蜜入り青空です。

夢が忘れ物をしたような雲がうかんでいます。

波打ち際のような空です。

ひたひたと雨が降っています。

そよ風の似合う青空です。
トレーシングペーパー色の空です。
やさしげな曇り空です。

消え残った気持ちのような雲がふんわりと見えます。

白い空がふるえています。

つめたい雨がさびしく降っています。

感心したときのためいきのような春空です。

空は白い、ピクニックシートのようです。

ぼんやりしていてもゆるしてくれそうな、もうしわけなさそうな、空色です。

夢の中のみずうみのように曇っています。

4月

うすねずの綿に眠っている生き物がいろいろいる空もようです。

遠慮がちな雲と青空です。
こっくりと白い空です。
ぼんやりと明るいです。

安心感のある空の色です。

洗いざらしのデニムのような明るい空です。

空は白い野原のようです。

トレース台のような空です。

満開の花に、霧雨がふりそそいでいます。

アップリケのある園児のスモックみたいな空です。

まぼろしがまどろんでいるような淡い灰色です。

羽毛のような雲が浮かんでいます。

ペンギンのいる海を思い浮かべてしまう青空です。

窓も避雷針もきらきらしています。

雲がゆっくり漂流しています。

どこまでも薄青のさわやかな空に、フエキのりをこぼしたような月が浮かんでいます。

気持ちのいい曇りです。

雲と青空が、明るさをわけあっています。

さみしそうなうれしそうな明るい空です。

わだかまりのない青空です。
もったりと曇っています。
白い空がきれいです。

ささやかな雲があかるく消えていきそうです。

名前覚えるの苦手なんだよ、って言いそうな曇り空です。

どこかに行きたそうな雲が見えます。

一面お粥のような空です。
ひたひたと、ややひんやりと、雨が降っています。
小鳥の巣のような雲がいくつも浮かんでいます。

３０年前と同じようによく晴れています。
すっかり明るい水色の空です。

５月

こころが落ち着く空の色です。
ややスモーキーな明るい空です。
あかるい空です。

クリーミーな空に光が透けています。

白い雲のうかぶ、のどかな青空です。

いずれ消えていくつもりの者たちが一時ほほえんでるような雲が、なんだか落ち着きます。

空はやさしい銀色です。

暑くもなく、寒くもなく、雲もなく、爽やかです。

クレヨンで塗ったような白い空です。

少しまじめな曇り空です。
ずっと一緒にいたい、と思える青空です。
綿雲がにじんでいます。

緑をつやつやにする、あたたかい雨が降っています。

本格的に迷子になってもいい、白い空です。

新緑きわだつ白い空です。

二度目の夢のような、明るい曇り空です。

終わってしまった昨日を悼んでいるような白い空です。

おぼろな雲のむこうに、青空が見えています。

ややねむたそうな水色の空です。

曇っているような、晴れているような。

いちまいの和紙を通して光がさしているようです。

列車が遠ざかる音をゆっくり呑んでいる、曇り空です。

じわじわしている青白い空です。

海をあわだてすぎてできた空のようです。

なにかをためされているような、降り出しそうな空もようです。
ぱたぱたと雨が降っています。
満願がこもっているような白い空です。

壁紙にしたいようなかわいい空です。

炎を消したあとの、消え残った煙のような、空の色です。

青白くて明るい、しずかな空です。

そうっとしておいてくれる、はるかな曇り空です。

6月

涙のあとをつけたまま今にもふたたび泣き出しそうな幼児の頬の曇り空です。

かくれんぼの、最後の「もういいよ」のような雲があります。

気持ちのよい光を緑があびています。

天使の住み処のような明るい雲におおわれています。

マグリットのおじさんを空に浮かべたい、今日の空模様です。

空一面、濃厚なミルクのようです。

もやもやした空もようです。

Posted at　時:分:秒

1月	2月	3月	4月
08:25:28	07:15:48	06:10:38	07:37:27
09:20:26	07:16:51	06:45:32	06:17:58
07:05:47	07:01:08	07:40:24	06:45:46
08:09:17	08:30:34	07:18:20	09:15:30
07:12:18	07:50:04	06:46:31	06:35:58
06:57:30	07:54:26	07:24:20	07:18:55
07:36:38	07:36:50	07:52:30	07:27:17
08:08:33	06:55:14	06:18:05	08:42:37
07:55:39	07:07:10	06:59:30	07:29:05
07:04:39	07:11:17	08:49:05	07:34:05
06:35:35	08:13:03	08:00:58	07:06:25
07:21:50	08:23:29	08:33:29	06:41:48
07:28:29	06:04:39	08:01:59	07:44:56
07:21:17	07:02:48	07:57:54	06:46:01
08:14:55	07:55:41	06:51:04	09:36:33
07:15:21	07:16:46	07:33:14	07:00:50
07:13:37	07:57:01	08:16:26	07:23:51
06:42:43	07:18:11	07:09:24	08:25:02
07:48:33	07:28:50	07:19:33	07:30:00
08:12:43	06:36:13	07:07:50	08:06:35
07:52:56	09:06:04	08:44:48	07:22:16
06:51:05	08:19:09	08:13:46	07:40:00
08:07:29	08:29:33	08:00:45	07:13:20
07:36:07	08:21:04	06:59:33	08:02:05
07:28:44	07:21:28	07:25:52	07:22:32
06:55:24	07:25:15	07:20:00	06:46:55
08:00:48	06:35:11	06:33:27	07:15:23
08:30:50	07:04:25	07:19:32	07:00:51
07:15:16		07:04:37	07:11:23
07:48:32		08:28:04	07:03:18
07:19:47		06:13:26	

あんなに語りあったのに忘れてしまった言葉たちがつまっているような白い空です。

上り坂の先でこちらをむいて誰かが振り返る、のにふさわしい曇り空です。

清らかなものを清らかなまま永遠に預かってくれる、青空です。

じわじわと雨が降りそうです。

今まで言えなかったことを、今言っても、言わなくても、白いままの空なのだと
思います。

ぎょうざの皮のような白い雲がしずかです。

遠い旅人が眠る、清潔なシーツのような空です。
つつけば合唱がこぼれ落ちそうな、重たげな雲です。
ためいきのような雲の浮かぶ淡い空です。

いつかあなたが着ていたＴシャツの青の、その空が明るいです。

雨がふりそうで、雨がふりそうでね、と繰り返したくなる曇り空です。

おだやかなテーブルクロスのような白い空です。

羽衣のような薄雲が、光を濾過しています。

粗びき胡椒のような雨が降ってきました。

向こう側とこちら側、そのどちらでもないよ、と言いたげに雲が空にとけています。

ほどよい水分、ほどよい光、ゆっくり歩くのにちょうどよいです。

約束がある日にもない日にもよく似合う、美しい曇り空です。

いつまでも眠っていたくなるような、あたたかい小糠雨が降っています。

長い旅の途上で見上げると趣が増す、重たげな曇りです。

浦島太郎が開けてしまった玉手箱の煙もつまっているような、忘却の果てのような白い雲ばかりの空です。

水に落ちる水がつくる水の輪が、音楽のようです。雨が降っています。

ゆめをみていたころの未来の白い空のような、白さです。

姉と一緒に傘をさして学校へゆっくり歩いていった朝を思い出します。弱い雨が降っています。

7月

切手を
お貼り
ください

郵便はがき

142-0064

東京都品川区旗の台
4-6-27
株式会社 ナナロク社

『朝、空が見えます』
読者カード係 行

フリガナ	
ご氏名または、 ペンネームなど	
お住まいはだいたいどのあたりでしょうか。町の名前はお好きですか。	
本を手にとってくださったあなたはどのような方ですか。 例・映画好きの会社員で２羽の鳥の飼い主です。 （ ）	
お買い上げの書店名	所在地

★ご愛読ありがとうございます★

本書へのご意見・ご感想をお聞かせください。
小社と東直子さんとで大切に読みます。

■あなたの今朝にいちばん近いのはどの詩でしょうか。

■ 本書へのご意見・ご感想をお聞かせください。

※ご感想はお名前を伏せて本のPRで使わせていただくことがございます。

木々や草をざわざわさせる雨に降り込められています。

初めて心というものを知った心のような、ほの青い曇り空です。

波打ち際をすくいとったような雲が出ています。

はるかな世界からなにかがやってくるのに似合う、青白い空です。

こんなに白い空にも、終点があるのですね。

雲を散らしたサラダのような、夏空です。

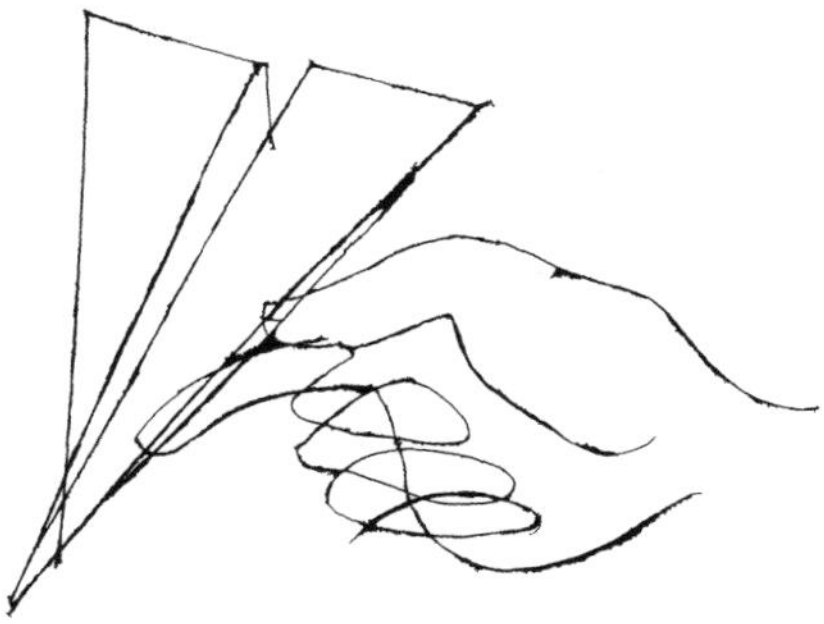

いつか踏んだ飛び石のような雲が浮かんでいます。

凍りかけのみずうみのような、淡い青色の空です。

なにも言わなくてもわかってもらえる、と思っているときの胸中のような、ほんのり白い空です。

できたてのヨーグルトのような空が、まぶしいです。

この世のどこかにいる蟬の声が、白い空にすわれています。

薄い布を一枚敷いた青空が、おだやかです。

問いと答えをくりかえす雲に囲まれています。
白い雲の下に、白い朝顔が咲いています。
天使のため息のような雲が見えます。

うすあおい空の下で、蟬の声がしずかに響いています。

戸惑っているような白い空の下に、雨の気配がしています。

豆腐のような、標本のような、思い出せない時間のような、白い空です。

いろいろなものをのせる前の、白いケーキのような空です。

ビルの間に、入道雲と言っても過言ではないものがみえます。

いつかみた立派な入道雲に成長しそうな、真っ白な雲が浮かんでいます。

いたずらっ子たちが舌を出しながら去っていったあとのような、雲があります。
やわらかそうな白い雲の下に、この世の蟬が声をあわせて誰かを呼んでいます。
むっくり白い、ややさみしい夢の寝床のような白い雲におおわれています。

ずいぶん昔に約束したまま忘れていること、というタイトルをつけたくなる薄曇りの空です。

うつろな、かすかな、ほんのりあまい雨が降っています。

うすねず色の空の下に、ラジオ体操の音楽が響いています。

空一面、トレース台のようです。

言いかけてやめた言葉のあとに聞く「なんでもない」のような雲です。

霧雨に蟬と鶯が鳴いていて、終わらない夢の中にいるようです。

やわらかそうな雲の下で、蟬がシャンシャン鳴いています。

8月

長いあいだ言えなかった言葉をたっぷりためているような空模様です。

八月にふさわしい、どっしりとした曇りです。

一粒の豆のつるをジャックがのぼっていった日も、こんなふうに空一面、白い雲でおおわれていたのですね。

久しぶりに咲いた朝顔が、雨粒を纏っています。

あいにく、という言葉の曖昧さを可視化したような曇り空の下に朝顔ひとつ。

木々の間から白い空が見えます。

青空にコンデンスミルクがとけているようです。

重たげな雲の下の重たい風を受けて、朝顔は明るく咲いています。
薄い青空が、つつがなく広がっています。
よく見えない雨が、はらはら降っているようです。

朝顔が、雨にうなだれています。

紛れもなく、どうしようもなく、ひたひたとひんやりと、雨が降っています。

明るくなっていく空を、蔓がめざしています。

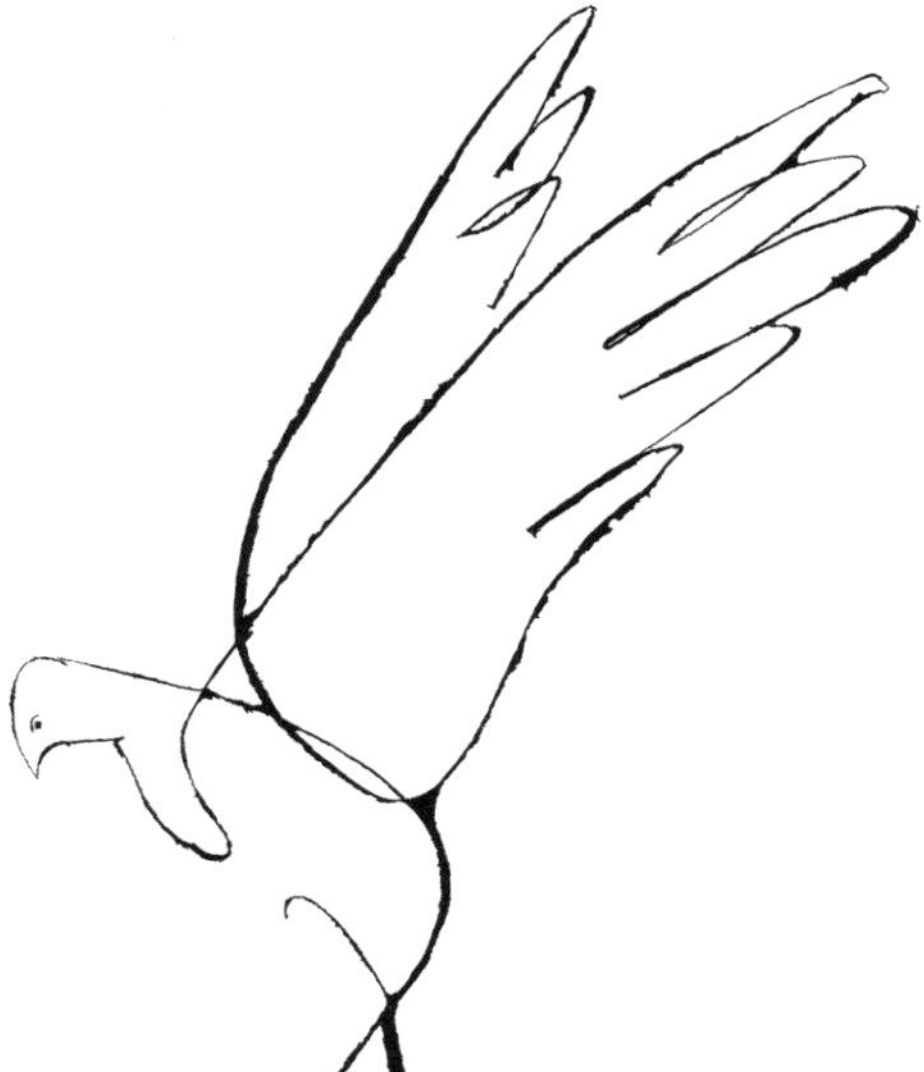

雨の気配をぞんぶんに残した青白い空です。

霧雨の中に、蝉とカラスが鳴いています。

白い小糠雨の中をバスが遠ざかっていきます。

甘酒のように、漆喰のように、エゾモモンガの腹部のように、白い空です。

一つも答えられるものがなかったテストのような、平らな曇天です。

謎のベールに包まれている、と書かれる時のベールめく空です。

もう何日目なんだろう、この先もずっと、なのかな。今日も白い、白い空です。

白い空が、朝にだけ咲く花々を眺めています。

無理をしなければいいのに、人も、国も。そう思えてくる、青白い空です。

青空、青空です。雲が切れて、青い空が見えます。

青白い雲に、みしっとおおわれています。

淡く青空をまぜた雲の下で、蟬が元気です。

白い空の下で、緑一色の山がよく映えています。

のめり込みたくなるような、しろくてやわらかそうな雲があります。

もやもやした雲の間から、青空がほんのり見えています。

白くて、少しにじんでいて、やや明るい、だいたいこんな感じ、というときの気分のような空です。

遠浅の海のような、静かな水色の空です。

誰にも止めることのできない雨が、ひたひたと降っています。

9月

にわとりの卵の殻のような、たしかな白さの空です。

ひんやりした雨が、やや強めに降っています。

爽やかに澄みきった青空です。

かすかに雨が降っています。

究極の磨りガラスのように、青白く曇っています。

やや重たげな曇にすっかり覆われています。

子どものときに福岡で出会った、やさしくてあまり笑わないシスターが着ていたお洋服のような淡いグレーの空模様です。

苺をのせる前の、生クリームぬりたてのケーキのような、引っ越し先にとりあえず吊るしたレースのカーテンのような、空です。

カフェラテの表面のような雲が、うすみずいろの空にちぎれています。

わかったようなわからないような、わかってもらえなくてもかまわないような、
雲がちの明るい空です。

淡い雲が青空を、遠慮がちに包んでいます。

上り坂を歩きながら話すいくつかの言葉のように、ぽつぽつ雨が降っています。

プードルの化身のような雲が浮かんでいます。

青白い空の下を、風がふきぬけてゆきます。

かすかに青い、たしかな曇り空です。
ゆるぎなく白い、時をこえてしまいそうな空です。
世界を白くする、強い雨が降っています。

うっすら雲がかかっていますが、光が熱いです。

どこかにいくつもりで、なんとなくまだそこにいる、ような優柔不断っぽい雲が浮かんでいます。

白いクレヨンで塗り重ねたような曇り空です。

消え残った煙幕ふうの白い雲が浮かんでいます。
雲の切れ間からきれいな青空が見えています。
いつかねって言われて待っているいつか、のような曇り空です。

痛みと陶酔、灰色がかった雲と青空とその他です。

いつかどこかで聞いた記憶の中の声のように、雲が淡く浮かんでいます。

なんだかまぶしい、白い空です。

あの空一面の青白い雲の上を裸足で歩いたら、どこにたどりつけるのでしょうか。
ほの暗い空から、善でも悪でもない雨がひたひたと降っています。
すばらしいちぎれ具合の雲と青空です。

言葉を知る前にふれたもののように気持ちよさそうな、青白い空です。

10月

物語のはじまりにふさわしいような、明るい曇り空です。

乙女たちのコーラスが聴こえてきそうな雲が棚引いています。

生まれたての信念のように、本当に白い空です。

海の泡を煮つめたような曇り空です。

流氷のような空もようです。

ほんのり、ぼんやり、ほのかにほころぶ、白い空です。

思い出したらにじむ気持ちのような、ささやかな雨が降っています。

リセットされたような、真っ白な空です。

ミルキーな水色の空です。

こんなに青白くてまぶしくてあたたかくて、よかったです。

清潔な陶器のような、薄い青色の空です。

まだなにも書いていないノートのように、白い空です。

目には見えないけれど、てのひらをかざせば確かにかんじるつめたい雨が、ひたひたと降っています。

ぴとりぴとりと、雨が降り続いています。

ひたひたと雨が降っていて、ときおり雀が鳴いています。

控え目な雨が、ひんやりと降っています。

粉のような、ほのかな雨が降っています。

爽やかな青空が広がっています。

草原からこぼれてくる小さな針のような雨が降っています。

屋根を濡らし、道を濡らし、傘にふれて、だれにでも、どこにでも、ひとしく雨がふりそそいでいます。

ぽたぽたと雨が、降り落ちています。

嘘をついたまま笑っているような、ほのぐらい雨が降っています。

しずかすぎる、白い白い空です。（台風はどこへ？）

青空と白雲のパルフェのような空です。

こらえきれない空から、ほたほたと水が落ちてきています。

きれいな、やさしい色の、青空です。

すかっと晴れています。

思い出せないだけで忘れてしまったわけではないものたちがつまっている白い空が、やや重そうです。

薄暗い空からいろいろなものがリセットされるような、白い雨が降っています。

本日は晴天なり、と拡声器を使って言えそうな、まぶしい青空です。

昔は、と言ったあと口ごもる、感じの雲があります。

11月

共存、共有、共生する、雲と青空です。

淡い青空が、とても広いです。

旅に出る日に見上げたい、いい感じの雲です。

みっちりと白い雲が少しずつほどけてゆくようです。

清々しくあたたかく、明るい青空です。

お母さんのショール、お兄さんの靴下、お父さんのハンカチ、妹のリボン、お姉さんのブックカバー、私のスカート、にしたい、きれいな水色の空です。

雲のない青空が、輝いています。

外付けの非常階段が映える、グレイッシュな白い空です。

小舟を浮かべてすいすい流れたい清らかな水のような、雲のない明るい青空です。

種を発芽させるための水に浸した綿、のような薄い雲です。

夜が残した吐息のような、かすかな雲があります。

かざりっけのない、デニムのような青空です。

棚雲の向こうからさす朝の陽が、憧れのようにまぶしいです。

お友達の家の、それが蔵というものだと教えてもらったときに（くら？）と思いながら見たその壁の白さの空です。

大事にしまっておいたものがどうしても見つからない、それはあの中にあるのかもしれないね、と思える、深い白い空です。

淡い青空に、ささやかな花のような雲が浮かんでいます。

ふれたら気持ちの良さそうな、さわさわの空です。

眠ったままたどりついた終点のような白い空です。

遠いところから名前を呼びあうのによさそうな、きれいな水色の空です。

動物たちもつかる温泉のような空だと思います。

砂糖水を煮つめたような青白い空です。

ほんのり桃色の雲が、おいしそうです。

この一つきりの地球のごく一部にふる雨の、ひえびえとした一瞬の雨粒が、見えます。

ある意味、ではじまる文章の意味を考えてしまう、ある意味曇りな空です。

糸の切れた凧が高く高く飛んでいくのにふさわしい、雲のない水色の空です。

届きそうで届かない、見えないようで見える、そんな雲に守られていると思いたい、と思えるような空模様です。

まぶしく、からりと、あたたかく晴れています。

青白い平原のような空を、小さな黒い鳥が広がりながら遠ざかってゆきました。

抱えていたものをすべて手放したような、やさしい色の青空です。

なにもわかってないね、と言われるときの茫洋とした重さの雲に覆われています。

12月

薄暗い空は、波打ち際のようです。

もしも鳥だったら、高く高く飛んでたわむれてみたい、美しい晴天です。

「できれば」という言葉のあとに続く文章をつくづく考えてしまうような、雲がちの空です。

涼しい海の底で暮らしているような気持ちになれる、澄んだ空です。

人類の歴史とは無縁の雲を、あかるくうかべている冬の空です。

おもいきり転んだあとに見上げた空がはじめて見るもののように感じた、あの青空です。

もふもふした者が駆け回ったあとのような、白い浮き雲があります。

言い忘れていたことがあるからこんど会おうねって、話しかけたがっているような、ほんのり雲のある空です。

いつか、みんなで食事をしたり、笑ったり、昼寝したり、ふと本音をもらしたりした、ピクニックシートのような空が広がっています。

金管楽器も木管楽器も、どこまでも遠くへ響きそうな、うすみずいろのつめたい空です。

大きなひとがおいしいおかゆをたっぷり食べていったあとのような、空です。

どこまでも遠くへ泳いでみたくなるような、美しい晴天です。

ペンギン、アザラシ、カモノハシ、イルカ、ウミガメ、マッコウクジラがどこかで目を細めている、と思える青空です。

青々と晴れ渡っています。

どんなときにも清らかに天をさす、避雷針の際立つ白い空です。

人魚姫が蘇りそうな、もわもわの白い雲が見えます。

一瞬ここがどこだったかわからなくなるほど、どこまでも晴れ渡っています。

この世の果ての水を一瓶くむための澄んだ湖にでかけた娘が淡い気持ちをいだいて歩いている細い道もかがやく、一面の青空です。

午前6時30分。空の底からクリーム色の光がにじみだしています。夜が明けますね。

朝一番のお茶の湯気と仲良くできそうな、淡い雲があります。

浅瀬の泡のような雲が、気持ちよさそうです。

氷りはじめた湖、作りかけのケーキ、初めて一緒に歩いたときの息、のような雲が浮かんでいます。

平和だねぇ、とつぶやくのに相応しい、雀たわむれる澄んだ空です。

雲隠れをしたら、さぞ気持ちがよいだろうなと思える、たっぷりとした雲があります。

千年前に見た夢が今もとどまっているような、ややミルキーな青空です。

川べりで笛を吹くのにちょうどいい、つめたくて、包容力のある晴天です。

どんなに手をのばしても手は届かないけれど、見上げればずっとそこにいるしずかな気配のつたわる、冬の青空です。

偶然のできごとの果ての、雲ひとつない冬空なのだと思います。

雲の隙間から、きらりきらりとメッセージがさしこんでくるようです。

なにを添えても良く映える、青白い陶磁器のような空です。

物語の始まりにも終わりにもふさわしい、分厚い雲に覆われています。

２０１７年のすべての朝の空を見上げることができ、３６５日分の空のテキストが残りました。いつも読んでくださった方、ありがとうございます。そして、その空の下でいろいろな形で関わることのできたみなさま、たいへんありがとうございました。よいお年をお迎えください。

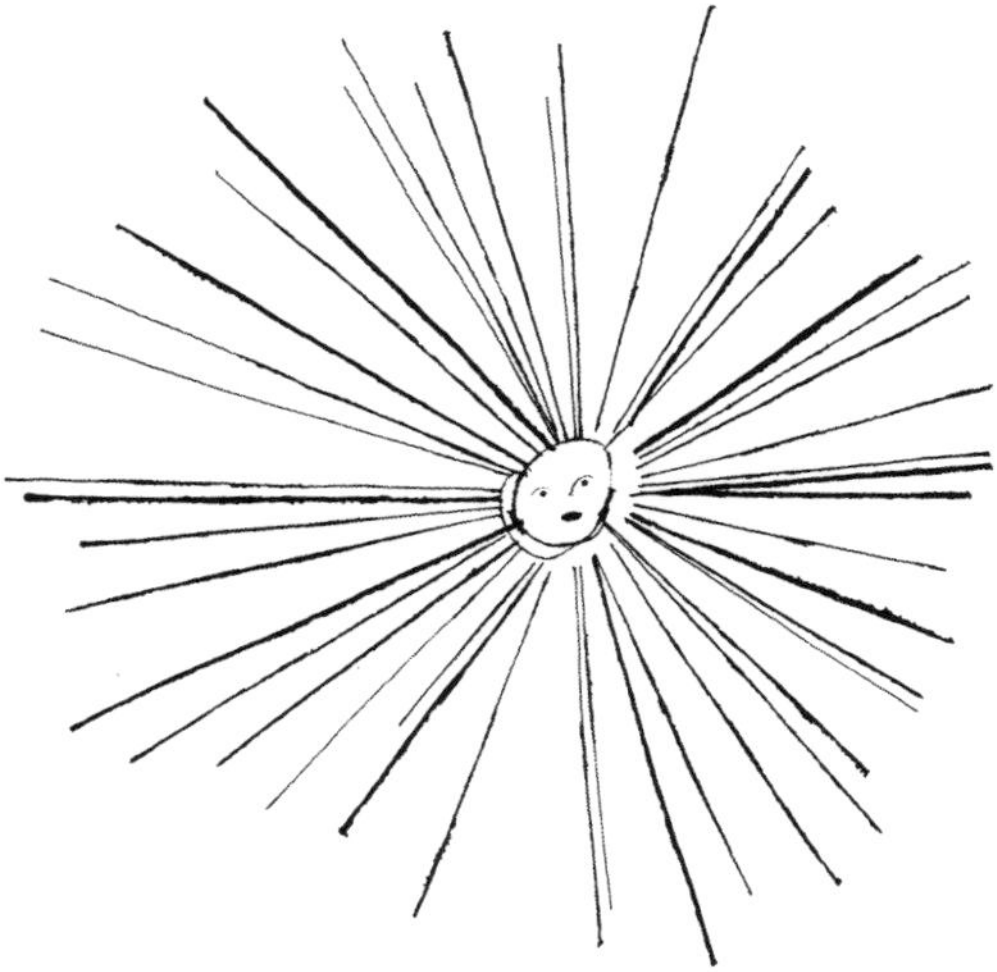

空のあとがき

二〇一七年一月一日から一二月三一日まで、Twitter（現在はX）に毎朝、「おはようございます」から始まる一文を投稿し、その日の空の様子を言葉で伝えていました。この本はそれを纏めたものですが、一月一日以外の「おはようございます」を省略し、一日ずつ立たせ、一年を通して一編の詩のように纏めました。太陽をひとまわりしながら眺めた早朝の空です。別紙にTwitterにあげた時間を一覧にしましたので、照らし合わせていただけたら嬉しいです。

なにも話すことがないときはお天気の話をするように、特に書くことがなくても、今日の空のことなら書けるな、と思って書き始めた気がします。朝、目が覚めたらカーテンを開いて空を見上げるのが習慣になりました。晴れている日もあれば、雲に覆われている日もあり、雨が降っている日もありました。

絵を描くときにたいてい水色で塗るように、空といえば水色、という固定したイメージがありますが、一年を通してじっくり空を見つめた経験を辿ると、白い雲に覆われていた日が思いの外多かったように思います。夜に冷えた空が雲を抱くことが多いのでしょう。ああ今日も白い、この白はどう表現したものかと、記憶と語彙をフル稼働させながら即興で言葉を編みました。表記のゆれは、その時の気分に合わせてそのままにしています。

私は普段、五七五七七の韻律で形作られた短歌を詠んだり、小説やエッセイを書いたり、言葉を使う仕事をしています。言葉を編むことが、とにかく好きなのです。言葉がうまく出てこなくて少し悩んでしまった日もありましたが、おおむね楽しく書きました。

私たちはこの地球を離れては生きていけず、同じ空に包まれています。その空が、毎日だんだん暗くなって、真っ暗になって、やがてほのかに明るくなって、ふたたびすっかり明るくなります。「明けない夜はない」と、暗い状況が好転することを比喩として使うこともありますが、物理的に「明けない夜はない」世界で息づいていられるということが、奇跡のように感じてしまいます。地球のまわりを覆う大気と水によって姿を変える空が、果てしない宇宙に繋がっているということも。

そんな空の感覚を伝えてくれる言葉を読むのも好きです。空や天候にまつわる短歌を、少し紹介したいです。

たくさんの空の遠さにかこまれし人さし指の秋の灯台

杉﨑恒夫『食卓の音楽』

海の前にぽつんと立っている孤独な灯台は「たくさんの空の遠さにかこまれ」ている。確かに。「人さし指」という肉体性を与えられた灯台が遠い空とひそかに交信しているようで、少し楽しくなります。秋の澄んだ空ならではの感慨だなあと思います。読めば読むほど空が広がります。

まだ降ってないよこっちはいつもより白い車がきれいにみえる

谷川由里子『SOUR MASH』

親しい人との電話での会話を描いた歌だと思います。電話のむこうの人が雨が降ってきたと言っているのに対して、こちら側は「まだ降ってない」のです。「まだ」とあるので、いずれ雨雲がこちらにやってくるような距離感にあるのでしょう。なんでもないような会話ですが、気持ちがふっと柔らかくなる詩情があります。なぜ白い車がきれいに見えたのか、なぜそんなことを伝えようとしたのか、科学的な根拠も、合理的な理由もありません。でも、その瞬間にそう感じたことを伝えられたという関係性が稀有なことなのだと思います。

「いきますか」「ええ、そろそろ」と雨粒は雲の待合室を出てゆく

木下龍也『きみを嫌いな奴はクズだよ』

雨を擬人化し、雲から雨が降ってくるバックヤードを想像して描いています。たしかに雲は雨粒にとっての待合室だなあと関心しつつ、会話がもたらす緊張感に、雨粒の命は重力にしたがって落ちきるまで、と思い至りました。投身という死のイメージも孕みつつ、再生のイメージも引き出しています。空から落ちてくる一粒一粒が、なんだかいとおしく思えてきます。

天つ風雲の通ひ路吹きとぢよ乙女の姿しばしとどめむ

僧正遍昭『古今集』

小倉百人一首にも採用されている和歌です。宮中で五節の舞いを舞う少女たちを空の上の天女に見立て、彼女たちが帰れないように雲の中の通路を風に吹き飛ばすように命じています。天女の舞いをもっと楽しみたいのです。アイドルに夢を託し、現実を忘れて楽しむ現代の文化とも響き合います。千年前に生きていた人も空を見上げ、雲を見つめ、気持ちを高め、想像を膨らませていたのだと思うと、空は時空を超える存在なのだと改めて思います。

雲を雲と呼びて止まりし友よりも自転車一台分先にゐる　　澤村斉美『夏鴉』

「雲」と友に呼びかけられたので、自転車を止めて振り返った瞬間です。特別な雰囲気の雲が出ていたのでしょうか。濃い青空に浮かぶ夏の雲を想像しました。「雲を雲と呼ぶ」と、率直に描写されることによって、雲がプリミティブな存在として輝きます。まだ何者でもない時間をのんびりと過ごしている青春のひとときがまぶしいです。

しかたなく洗面器に水をはりている今日もむごたらしき青天なれば

花山多佳子『樹の下の椅子』

「青天」をむごたらしいと感じるとは。一瞬ドキリとしましたが、やたらときれいに晴れ上がった空を残酷に感じてしまったことはあったように思います。「いい天気」といえばよく晴れた青空のことを示しますが、良きものとして決めつけられている青空の概念が、天気に優劣をつけているようで圧迫感があります。一点の曇りもない青天は、ぼんやりとした不安や屈折を抱えている自分にとっては苦しくて残酷なものに見えたのでしょう。青天に新たな印象を与える奥深い一首です。

電線で混みあっている青空のどこかに俺の怒りの火星(アレス)

法橋ひらく『それはとても速くて永い』

「俺」は、自分の中で押し殺してきた怒りを「火星(アレス)」として空に放ったのでしょう。そうして冷静を保ちつつも、消えてしまったわけでない怒りの感情が、電線ごしの青空のむこうにじわりと蘇るのを感じています。人間がエネルギーや情報を繋ぐために作った人工物である電線が張り巡らされた空。それでも空は、どんな感情も受け入れる懐の深さがあるのだと感じるのでしょう。

雲照らふ明治公園　高野氏が生前昼寝せしベンチあり

高野公彦『流木』

明治公園のベンチで昼寝をしたことを、自分の死後の視点から描いたユニークな切り口の一首です。必ず時間は過ぎ、必ず人が死ぬということが淡々とユーモア含みで描かれていて、はっとするものがあります。暑すぎず、寒すぎず、まぶしすぎず、雨も雪も降らず、光を照り返す雲が浮かんでいる日の明治公園。昼寝日和です。そして、二度と戻ってこない一瞬でもあるのです。

二〇一七年一月一日に「おはようございます」と書き初めてから、七年の歳月が経とうとしています。二〇一七年は、任期付の大学教授をしていた頃で、日々本当に忙しく過ごしていました。でも朝は必ず空を見上げて、ひとときしずかな心になれました。二度と戻らない一年間の、東京の、ときには福岡や仙台で見た空が、言葉となって並んでいます。たくさんの人と共有した空でもあります。祈りの言葉を探しているようでした。

七年の間にコロナ禍があり、争いが起こり、災害があり、苦しい時代が続いています。でも、いつものように朝は来る。空が見える。共有できる。そのことのかけがえのなさを、忘れないようにしたいと思うのです。

東直子

二〇二三年十一月八日

東直子（ひがし・なおこ）

歌人、作家。第7回歌壇賞、第31回坪田譲治文学賞（『いとの森の家』）を受賞。歌集に『春原さんのリコーダー』『青卵』、小説に『とりつくしま』『ひとっこひとり』、エッセイ集に『一緒に生きる』『レモン石鹼泡立てる』、歌書に『短歌の時間』『現代短歌版百人一首』、絵本に『わたしのマントはぼうしつき』（絵・町田尚子）などがある。「東京新聞」などの選歌欄担当。近刊にくどうれいんとの共著『水歌通信』がある。鳥好き。

朝、空が見えます

初版第一刷発行　二〇二四年一月一日
第二刷発行　二〇二四年二月一日

著者　東直子
画　横山雄
装幀　名久井直子
発行人　村井光男
発行所　株式会社ナナロク社
〒一四二-〇〇六四
東京都品川区旗の台四-六-二七
電話　〇三-五七四九-四九七六
FAX　〇三-五七四九-四九七七
印刷所　中央精版印刷株式会社

ISBN 978-4-86732-024-2 C0095